〔加拿大〕
海莉·麦克吉

著

陈鲁豫

译

年龄是一种感觉

Age Is A Feeling

Haley McGee

南海出版公司

新经典文化股份有限公司
www.readinglife.com
出 品

Age
Is
A
Feeling

阅读说明

这是由十二个生活片段所穿起的人生故事，里面包含友情、爱情、亲情和关键剧情下"你"的选择。

本文提供两种不同的阅读方式：

1. 不跳过任何部分，一气呵成地完整阅读。

2. 随心选择跳过**页面两边被标记为彩色的片段**，再在全文末尾，找到与这个片段对应的替换文本替代阅读。在此情景下，"你"的主线不会有变化，但生命中的一些人、一些事有可能会被彻底错过。毕竟，没有人能知道你一生的故事，不是吗？

这将是一次全新的阅读旅程。

祝你阅读愉快。

没有人能完全了解你的人生

连你自己也做不到

这里要讲的十二个故事都是你成年后生活中将会发生的事

让我从你的 25 岁开始讲起

25 岁了，生日快乐

这些花是从墓地带来的，为了给你庆生，还有想对你说的话，一起送给你

年龄是一种感觉

等你到了 25 岁，自然会懂

（你还会意识到人终有一死）
这种感觉从恐惧开始

"你知道为什么吗？"你父亲会把双手撑在桌面上问你，"为什么你到了25岁才有资格租车？"
"不知道。"你摇摇头，嘴里还嚼着微微发干的巧克力蛋糕
嗯，味道还行
"因为直到现在你的大脑才算发育成熟。"

这个生日你会和父母、哥哥一起在家过，就是你小时候住的那个家
此时你根本想不到，这样的时刻以后也不会再有了

"大脑要花二十五年的时间才能将思考功能从杏仁核转移到前额叶皮层。"你妈妈对你

做了个鬼脸，"这是你爸从电台听来，现学现卖的。"

"所以！25 岁才算真正长大成人。"

"25 岁才算？！我 25 岁时，已经当了妈妈、背了房贷。"

"行行行，妈，还是你们那代人开窍得早，活得明白。而我们……我们做啥啥不行。"你哥冲你咧着嘴乐

"才不是呢，你们想做也都能做好。"你妈妈边说边把酒杯推到她伸手够不着的地方

你则对她说："妈，没事，我再不成器你不也爱我吗？再给我点时间。"

时间在加速流逝，而你想要追赶却力不从心

这份紧迫感如影随形

恐惧也随之而来，将你吞没

你害怕时间所剩无几

害怕一场车祸会让你年轻的生命戛然而止
害怕淹死在浴缸里
害怕某个周二的下午会被从天而降的水泥板砸死

你还会担心死于某种疾病
当知道自己没什么大病只是疑神疑鬼时，又会如释重负
走出医生的诊室，你才真正明白有健康才有一切
但很快你就会故态复萌，喝酒熬夜，去他的，生命苦短，死了以后再睡也不迟

你也有梦想要去追，但不知如何实现
你会宽慰自己，年龄不过是一种感觉
但它如此真切
你还是有点害怕
你想拖住时间的脚步

记录每个瞬间

吸取每个教训

做到无所不知

但你无能为力

你做不到全知全能

也没人了解你的全部，这一点连你自己也做不到

26岁，你第一次因失恋而伤心欲绝（现实告诉你爱是有条件的），离家不远的爱狗乐园会让你找到一丝安慰

你一直想养狗——但身边总有某个亲近的人对狗过敏——自己养不了狗，看着别人的狗追跑打闹就成为你疗伤的良药

有一天，你正独自坐在爱狗乐园的跑道边——

牡蛎

Oyster

碰巧有熟人路过,见你直勾勾地盯着狗看,于是过来跟你打了个招呼

他们会把你介绍给身边的陌生女人,她身穿黑色风衣,画着黑色眼线,脸上有一道疤痕

"哪只狗是你的?"陌生女人会问你

"哦——哪只都不是。我心情

不好的时候就会到这儿来坐坐。"

"这个方法好。"陌生女人会说,"我也想在这儿待一会儿。"

于是你的熟人先行离开,而这个陌生女人留了下来

她说,香肠狗最让她怜惜,细长的身体靠短小的四肢勉强支撑着。"你能相信它们的祖先是狼吗?"

然后她突然起身说:"我得走了,我捡到了一个钱包,得拿去还给人家。"

"你人真好。"
"这是我在打工的酒吧里捡到的,钱包里有一张器官捐献卡,我

得物归原主。你跟我一起去吧,虽然要倒两趟车,但挺好玩的。"

你和她一同出发,离开你熟悉的市中心,车子驶入高速,路两旁都是购物商场。你从没见过这么宽的路面,有着好几条车道

"看起来特荒凉吧?"她说,"但这儿的物价便宜很多。"

你们穿过五十年代盖起来的那些住宅,来到了郊区,这一路让你大开眼界

她说曾经试过用牛头做了一道菜,这让你目瞪口呆

她对昆虫学的痴迷也让你惊叹——说白了就是喜欢研究虫子

你们一路上看到的植物她都能如数家珍,她还讲述着在翻唱乐队担任提琴手的故事,而你听得饶有趣味

你们找到了失主家,他会问:"钱包里还有现金吗?"
"没了。"你的新朋友言语里满是同情
"没事,钱包能找回来就好,太感谢了。"

回城的路上,你们路过一家贵得吓人的酒店

"咱们一起晚饭吧。"你的新朋友边说边按下了公交车上的停车键,"我请客我请客。我最近手头

有了点钱。"

"咱们点生蚝吧!"你刚坐下她就问你,"你喜欢生蚝吗?"

"我没吃过。"你实话实说

"哦,既然如此,我们来它一打!"

这是你迄今为止吃过的最贵的一顿饭,她边吃边向你介绍"30岁三十人"的说法,意思就是30岁前得睡够三十个人

想到自己的战绩只能数到七,你决定要着手改进

你们举杯祝酒:"愿我们老去时,回首此生,可以感慨我爱得够本,啊不,是我睡得够本。"

你意识到,至少有三个小时了,你压根没想过自己那颗失恋受伤

的心啊

　　看到她留下了一大笔小费,你的胃还是稍稍拧了一下
　　走出餐厅,她问你:"我没钱坐车了,你能帮我买票吗?"

　　回家的路上,你们一路说笑,分享彼此的秘密。金色的夕阳和浑浊的空气,竟让她看起来熠熠生辉,魅力非常
　　这当然不是一次约会
　　却又是你经历过的最好的约会

　　你们很快就成为闺蜜,惺惺相惜
　　虽然你们看起来那么不同,但你们相信,这就是文学中描写的所

谓地久天长的友谊

你们许下誓言,要无惧世俗,过有趣的一生

你意气风发

想大展身手

成就大事

只不过毫无头绪,不知道该如何开始

你的肌肉状态已经过了巅峰

体内生产的褪黑素越来越少

胶原蛋白也在持续流失

有那么一个瞬间你为自己没有落入 27 岁

魔咒[1]而感到欣慰

　　但很快又心生恐惧

　　在你哥哥大喜的日子里,你的闺蜜陪你参加了婚礼

　　虽然百无聊赖,你俩还是在舞池里跳得不亦乐乎

　　深信自己掌握了享乐之道

　　你的父亲日渐衰老

　　从小到大你一直心有不甘,因为你根本不了解他

　　平心而论,他也不怎么了解你

　　而你得慢慢接受现实,生老病死,他早晚都要离去

---

[1] 原文为 27-club,由一群逝世时全为 27 岁的伟大音乐家、艺术家及演员组成,其中多数人生前过着放荡不羁的生活。

你们终究还是没能好好相处

你闺蜜说，原生家庭的问题，都是因为彼此太亲近，反而不识庐山真面目

你第一次出国旅行，花的是自己的钱——

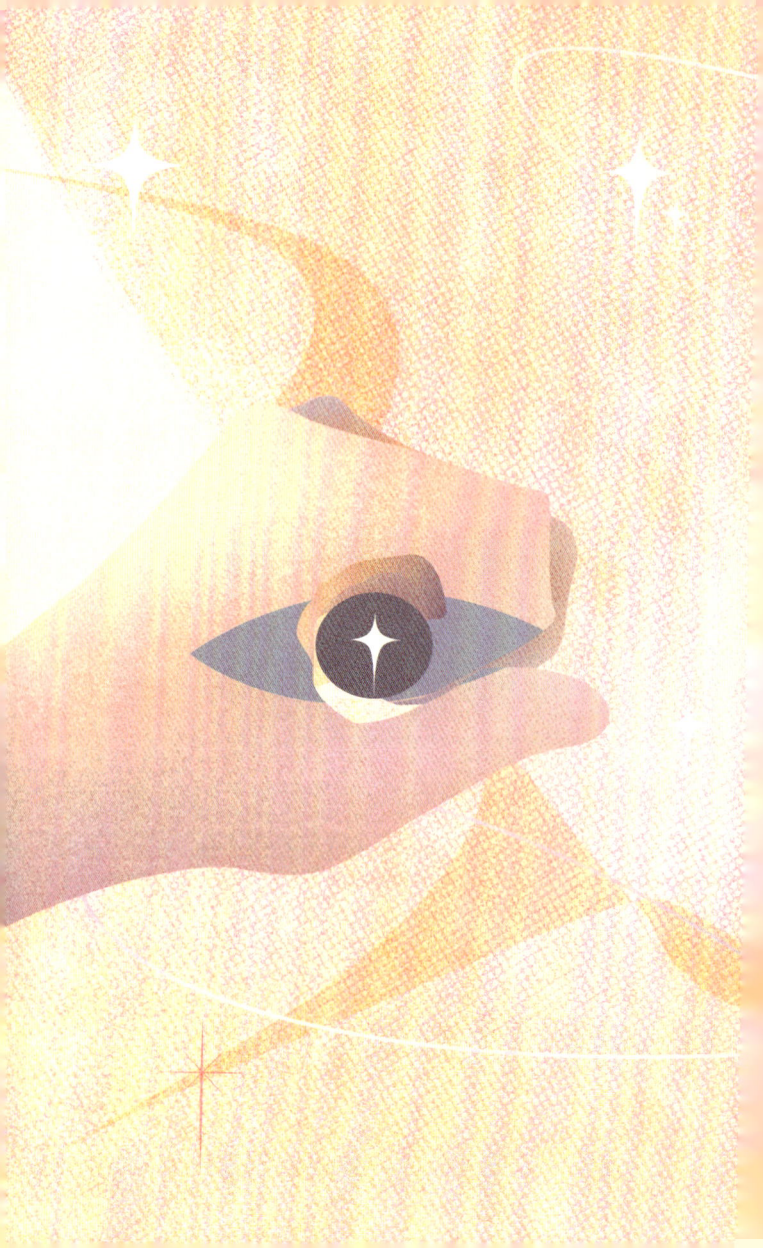

✊

　　你带了大包小包的行李，一路上都在朋友跟人合租的房间里睡沙发

　　巧的是，你父亲也来了，他来是为了研究十八世纪一个鲜有人问津的什么战役
　　足足四天，你们父女身处同一个城市
　　你父亲抵达的当晚，你请他来

你借宿的地方吃饭,那是你童年玩伴兼死对头和她老公的家

  你们小时候在一起玩得挺好,现在你却把她视为对手,就因为你们明明很像,但她就是比你漂亮,事事快你一步,日子过得远比你有章法

  你的发小兼对手如今事业有成,她旅居海外,投身于人权事业,备受瞩目。和她相比,你乏善可陈的工作更显微不足道

  在她面前,你很难不妄自菲薄
  尽管你并不想要拥有和她一样的事业
  但你还是会嫉妒她实实在在的成功

并因此痛恨自己

有一天,你买了剧院的戏票

由于弄错了变更后的列车线路

你不得不花光兜里所有的钱坐了出租车赶去剧院

你父亲一直站在剧院的大厅中央,正对入口,找寻你的身影

你大呼小叫着表示歉意,让他等了这么久

演员谢幕的时候,你觉得胸口发紧,呼吸困难

你说:"爸,我觉得胸口好像被一只手攥住了似的。"

你父亲则说:"那,咱们去吃饭吧。"

"关于一七四五年的这场战争,

其实,就是一个 25 岁的青年试图帮他父亲重夺不列颠的王权……"

这就是你父亲日复一日,每天埋首于故纸堆中研究的东西

哇,你不禁感慨,这真是匪夷所思

"有意思的是,做儿女的总是想尝试父母没能做成的事。"

"什么意思?"

"比如说你吧。"三四杯酒下肚后,你的父亲开始袒露心声,"如果我可以选择,我也会选你现在从事的职业。"

你不明白。为什么?为什么要等我漂洋

过海,才会知道这些呢?

    你和闺蜜会喝得酩酊大醉,放声高歌:
    女人们种下树苗
    女人们越长越高
    女人们爱得热烈……

    你们还会在风雪中舞蹈

    一天凌晨四点,她胡言乱语,扬言要跳进运河,你死死抓住她的腰,指甲几乎抠进她的肉里
    第二天早上,她又一笑而过:"我是不是太作了?"

    你的身体又出了点问题
    这次还有点麻烦
    你会痊愈

但意识到健康的重要

你下决心要多喝水，多吃蔬菜，多运动

也的确坚持了一阵子

30岁那年，你说："我一直想着离开这里。"

"去哪儿？你是说别的城市吗？"

"不，我想出国。"

闺蜜说："我可不希望你离开，但你该走还是走吧。"

你最终还是走了

你在千里之外，看着朋友们成双成对

生儿育女

或顺其自然

或精心规划

也有人为此耗费精力财力

你做梦也想不到的人有了孩子，并且无比渴望孕育生命

你对此百思不得其解

你年纪不小了，但天天穿着背心短裤，背双肩背包，住合租房

你也想知道，自己到底是个长不大的孩子呢，还是活在当下的年轻人？

你问了你哥哥，也问了上帝

他们给你的答案都不尽如人意

你心意已定，你来这世上又不是为了生孩子

你可是来做大事的

你会努力工作，发奋图强

接下来，紧张、焦虑、自我否定将伴随第一缕白发如约而至

一同到来的还有下楼梯时疼痛的膝盖

和脸上挥之不去的细纹

工作上，你陷入困境、磕磕绊绊、漏洞百出

你背井离乡就是为了成功，成功却越来越遥不可及

你的银行存款不断减少

但你的自尊已让你无路可退

你无论做什么都独来独往，哼着小时候妈妈哄你睡觉时唱的歌谣

你也不确定这是你外公外婆的家乡民谣，还是你妈妈随口哼唱的即兴之作

你想着下次电话里得问问她

你想念你的闺蜜

可你们每次通话

她都神志恍惚，浑浑噩噩

你也渴望找到伴侣，尽管心里明白这一切只是假象——是人类对哺乳类动物残酷生活的合理美化

你清楚浪漫的爱情只是一个幻象,本意是要给生活赋予些意义,但大多数人最终只有失望

好在,你跟绝大多数人不同

你又不想过循规蹈矩的人生

但真爱总会到来

在一辆拥挤的公交车上,你的真爱就坐在最后一排——

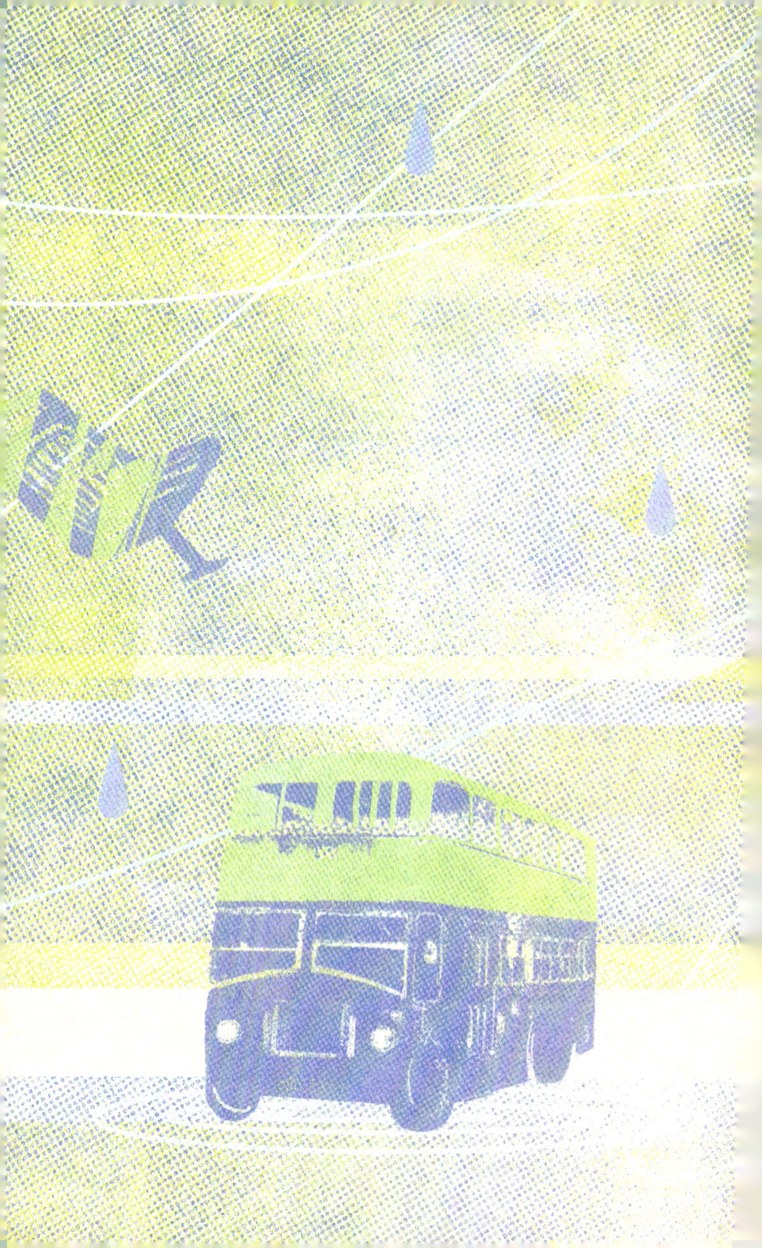

公交车

Bus

这个城市你初来乍到，此刻公交车在金融区钢筋水泥的大楼间穿行

　　你和这位邻座的乘客达成共识，谈论冥想远比真的冥想来得容易

　　车子走走停停开进了拥挤的主干道

　　有小学生在车辆间穿梭

　　他支支吾吾：

"我从没——啊——我从没——"
"从没做过这种事?"
"是啊。"

他的牙齿虽不整洁,但笑容真挚
你觉得他很有魅力,但不确信自己会因一个人的魅力而倾倒

"我们要不再——嗯——聊一会儿?"
"现在吗?"
"对啊。"
于是你到站不下,和他去了一个酒吧,他和那儿的老板相熟
你们坐在舒适的角落
他说起父亲去世前,他们最后一次聊天

聊到了财务问题,还有做米饭
的窍门
你边听边笑
你想起了你的父亲
有那么一瞬间,你几乎情难自已

"你怎么了?"他关切地问你
"哦,我有时会突然想家。"
"有朝一日你会回国生活吗?"
"不会的,我不会回去。"

他公寓的墙上挂满了铅笔素描
和未完成的画作
他讨厌自己的工作,只热衷于
探讨艺术

有一天你正在他的厨房里忙碌
着,他突然对你说:"我很喜欢你。"

你说:"什么？为什么？"

"你看起来，活力四射。"

你会提醒他，千万别对你动心——这就是多年来你悄悄幻想的场景啊——有朝一日你会警告别人，靠近你可不是什么好事

他会说，我和你一样。别人打破头争取的，我避之唯恐不及

我可不要什么平平常常的日子

你们会在出租车的后座疯狂拥吻

对彼此相去甚远的口音感到好奇

每次一起过夜后，第二天早上你都会带着宿醉，在他的街区闲逛，狂喝咖啡，坐在长椅上让他帮你散开打结的头发

和他这个土生土长的本地人一起，所到之处总能碰到熟人
偌大的城市犹如乡里乡亲的小镇
他俨然一本生活百科：
最好的皮匠，意大利柠檬酒，五十年代摩登的家具
不管什么，他都能找到

他会求你，做爱时不要关灯
你总是拒绝
除非喝高了才会例外

他告诉你他爱你，希望确定你们的情侣关系
你心里小鹿乱撞
很想说我也爱你

结果你只是笑了笑
他倒不会因此气馁

你注意到墙上为数不多业已完
成的画作都出自他人之手

你们的生活早就你中有我,水
乳交融
他会抱怨你从不及时回电话
你则担心他喝酒未免太多

你花了很长的时间才回应他的爱
不过,爱字一旦说出口,你便心意已定
职场糟糕,情场还行,这也算有意义,
那我接受它

于是你恋爱了

　你发现你受不了乱糟糟的房间

　你享受做饭又不弄乱厨房的感觉

　33 岁,你和男友商量想养只狗,他说他也想,无奈他是过敏体质

　有一天,发生了一件怪事

　你发现自己正身处家乡的体育场

　你的脸颊生疼,但你记不起原因

　你哥哥也在那儿,你知道他在冲你说话,但说什么你听不清

　你们之间离得太远了

　于是你向他跑去,他也跑了起来,你跑啊跑啊,你其实最讨厌跑步了,但你一直跑着,想追上你哥哥

　这时你伸手摸了摸脸,却摸到了脸颊上的洞

什么情况？你暗自纳闷
你以为这个洞早就被填上了啊
你歪了下头，牙齿就从那个洞里掉了出去

一转眼，你又身处看台，你哥哥一个劲安慰你，没事没事
你发现他被绑在了椅子上，又感觉到有人把冷冰冰的金属杵在了你的脖子上

那是一把枪
你哥哥面容扭曲，仿佛面露歉意
但你深知一切都是你的错
你也记不清为什么，反正就是知道
你看到祖父母家的电视屏幕上节目已经播完，刺刺啦啦地闪现着雪花

你还感觉到肩胛骨上温热的鲜血
你昏倒在水泥台阶上血流不止

脑海中闪现的念头是：我爱你们所有人
黑暗中，传来滴滴答答的声音

你从梦中惊醒
窗外一整夜都在电闪雷鸣
你的屋顶漏雨了，你用碗去接，心里面嘀咕着，怎么老做这个梦啊？

你去问你哥哥，他说，梦境会反复重现，直到你明白其中的含义为止

那到底是什么含义呢？
你跟你妈妈聊起这事，身为一名曾经的天主教徒，她劝你："宝贝，你要明白，这世上就是会有未解之谜。"

你去看闺蜜，和她一起喝得酩酊大醉
关于梦境，她建议你试试迷幻剂或死藤水

找出你对死亡恐惧的根源

她说,比起死亡,她更害怕活着。人兴奋到极致的状态,让清醒时的日子没那么难熬。否则,活着的意义是什么?

你的白头发越来越多,这让你有点无奈
随随便便洗个澡也有可能把背抻到

你已经受够了没钱的日子,有点动心想让男朋友养着
过去几年他一直恳求你经济上依靠他
可他那一口黄牙实在让你难受
他妈也开始催生

你们刚认识那会儿,他可是答应过你的,他并不想过循规蹈矩的日子
可现在他老是烦你——不然"试试看要

个孩子呢?"

  他也嘟囔过一句:"你以后不用再工作了。"

  而你的闺蜜又出事了——

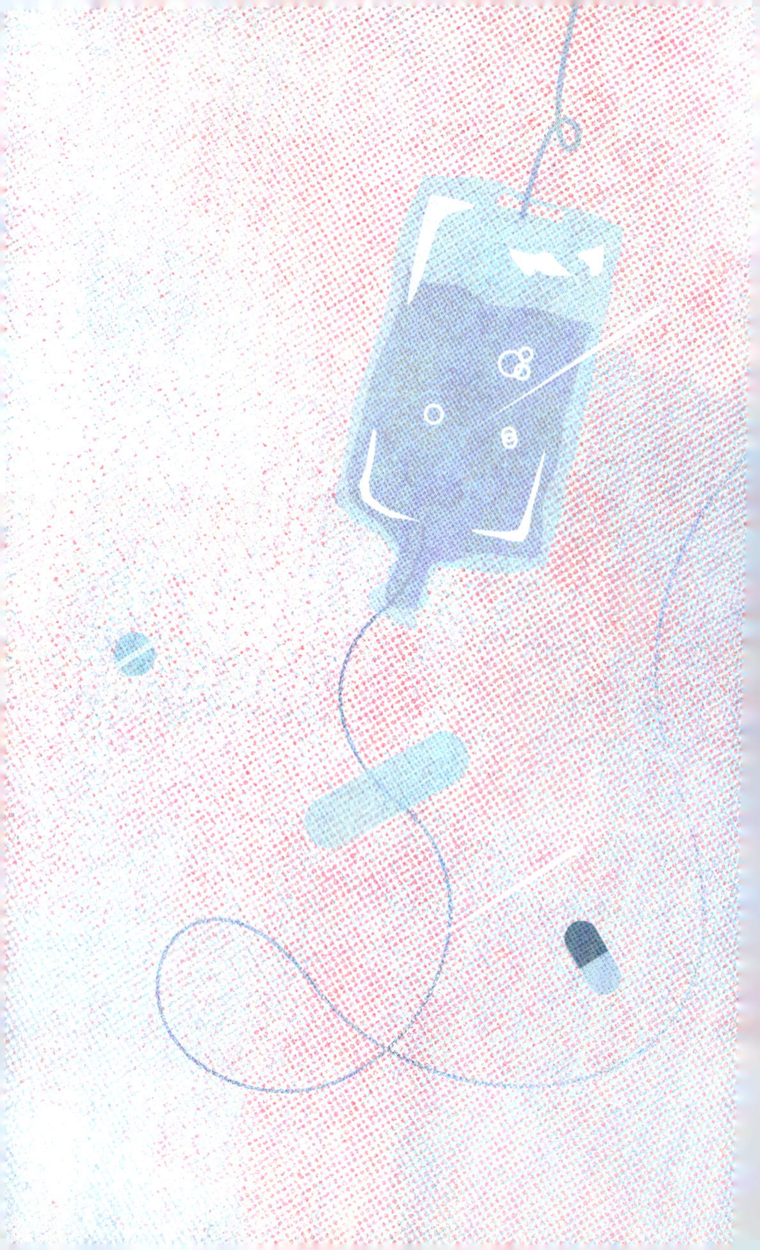

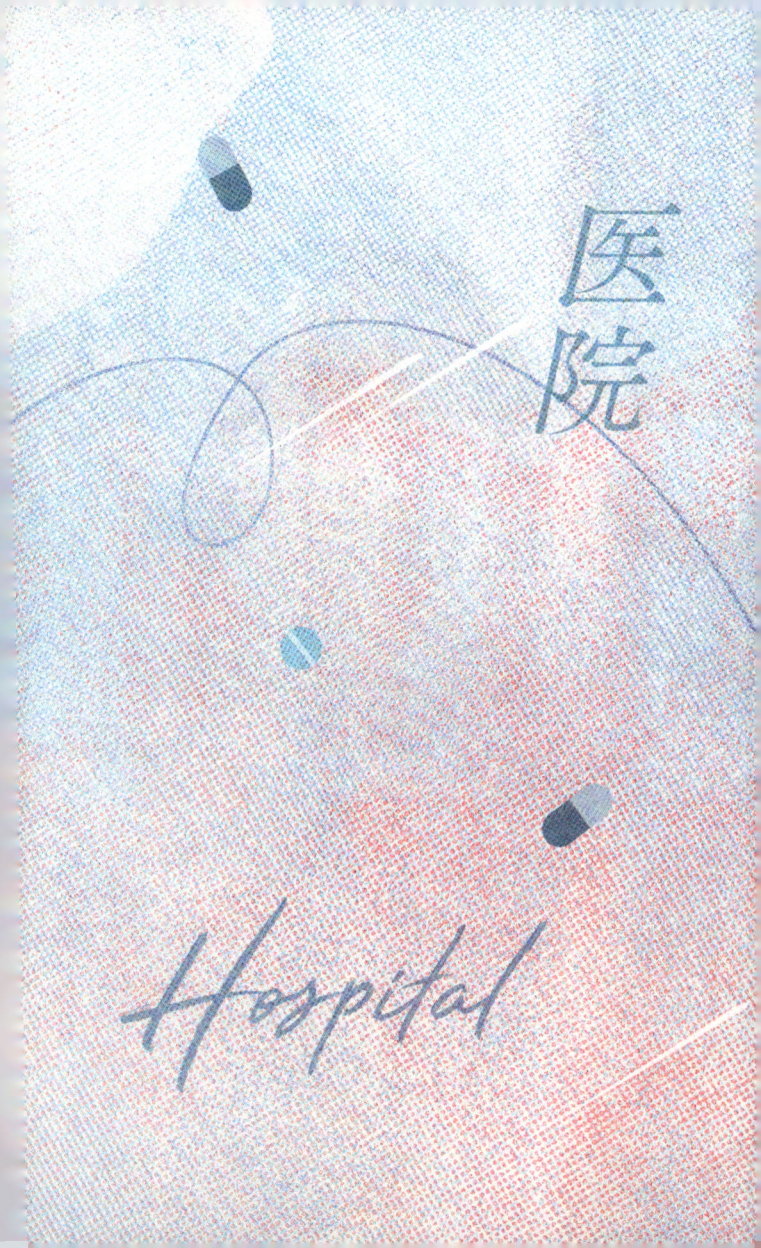

医院

Hospital

你接到她妹妹①从医院打来的电话,立刻赶了过去

医院的走廊里,荧光灯明晃晃地照着

你,脚步匆匆

万幸你朋友寻死但没死成,这

---

① 原文为 stepsister,下文均作此处理。

让你内心五味杂陈，既愤怒又松了一口气

　　你走进病房，她不好意思地耸了耸肩
　　她的病床四周拉上了薄薄的帘子，隔开了旁边的一位病友，她也因为自杀未遂被严密监护
　　闺蜜的黑色眼线已经洗掉
　　这让她看起来如此普通

　　你轻轻地挨着她坐下
　　伸手搂住她的肩膀时，她一动不动
　　她正打着点滴，于是你尽可能地小心翼翼、轻手轻脚
　　她刚刚洗过胃
　　手腕上裹着纱布

"你是真心想走是吧?"(你这么说,是因为你真不知道该说什么,于是只能开个玩笑)

她点点头

你的头靠在她的身上,她竟然没躲开

这真是不同寻常,毕竟她不喜欢搂搂抱抱的

"这会儿,你特恨我吧?"她问你

"不恨。"

"但也没那么喜欢。"

你点点头:"这会儿的确看你不太顺眼。"

"我也是,彼此彼此。"

探视时间结束了,你站在自动贩卖机前,喝着粉末冲泡的速溶汤
　　心想,你俩都曾发誓,这一生要冲破条条框框
　　而现在,她的人生差点戛然而止,你的还尚未开始

　　从医院回家,你拒绝了男友的求婚,搬出了你俩同居的地方

　　其实,那压根算不上求婚,更像是最后通牒
　　接下来你将寄情于工作,并对身边为数不多的单身朋友说,你感觉像是在千钧一发之际逃离了摇摇欲坠的大楼

接下来,继续找室友合租的话,也没什么

35岁,你拼尽全力使事业回春

你看着自己年轻时的照片,惊讶于曾拥有的美丽

你惋惜在拍下这些照片时,竟会觉得自己一文不值

你惋惜因为脸上的青春痘而烦恼的时光,那些出门前对着镜子崩溃的时刻,那些整晚都收紧着肚子的日子

你现在才明白,自己当年哪儿都挺好的,很完美啊

当时为什么不享受青春呢

在一间灯光可怕的试衣间里,你看着镜中的自己

惊恐万分地发现你有着和你妈妈一模一样的屁股

但年纪渐大，你会悦纳自己
年龄，只是一种感觉
你终会明白

音乐节你是不想再去了
也不喜欢在外面玩得太晚
要不然就是压根不想出门

你会对年轻时得过且过的态度深恶痛绝

你后悔没有好好用牙线清洁牙齿
后悔每周没存上二十英镑
也伤感地接受现实，你没能成为天才少女

几个月来，你和你的闺蜜好像捉迷藏一般，总是错过彼此的电话
说实话，如果她没接你的来电，你反而如释重负

你也会让她的来电直接进入语音信箱

当你们好不容易通上了话,她总显得心不在焉,而你又没什么耐心

然后,电话声不再响起

你们之间只剩下沉默

好几年音信全无

你也不确定最后一通电话是谁打的

你害怕她已经死了

但她妹妹那儿也没来什么信,这让你确信她还活着

你很想她

也有点恨她

然而,那个问题始终萦绕心头,她会如何想起你,又会记住些什么?

你再一次想明白了一件事

即便是最亲密的朋友,对你的了解也极

为有限

你有了赚钱的能力,日子不再紧紧巴巴的,也算过上安稳的生活了
来钱的新路子让你不以为然
但钱嘛该赚就赚

你父亲时不时给你发来邮件,分享那些被遗忘的金曲
也常常带着温情,回忆曾经荡气回肠的旋律
歌词里是年华已逝的人们对春天的追忆

你父亲生日那天,他对你说,人变老意味着身体要不断地快速做出调整
就像刚出生的婴儿一样
学着摸索世界,而身体一天一个样

一周内，你接连收到两封邮件，内容都很震撼——

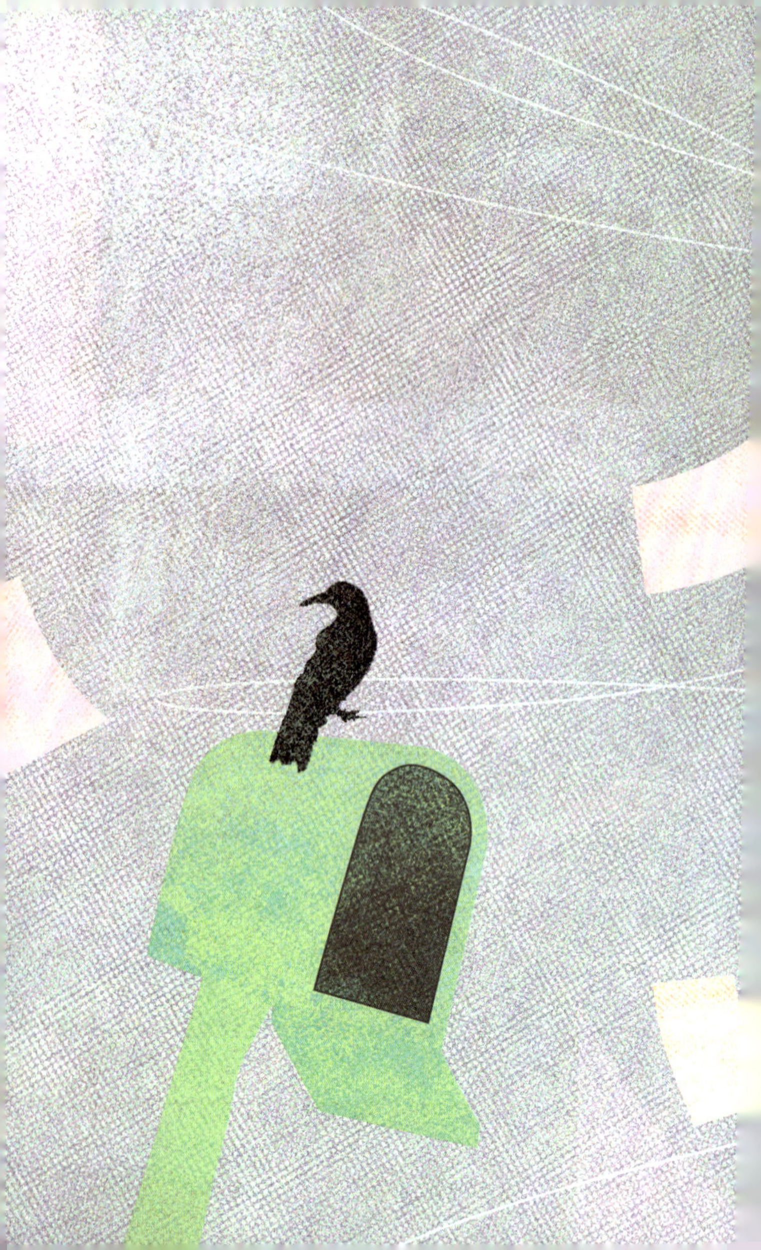

收件箱

Inbox

第一封来自你的老朋友——曾经的闺蜜——是你在爱狗乐园认识的那个朋友

你们已经有多久没联系了？两年或者更久？

她是这么写的，你好陌生人，我又试了一次，想了断自己

你很想回复她

你在心里措辞，文字情深意切："我无时无刻不在惦念着你。"

但你一个字也没回

你哥哥提醒你,她可是个瘾君子啊,你觉得你说什么有用吗?能改变她吗?

"相信我,别理她,否则只会惹麻烦。"

态度冷淡让你于心不忍
但你没动摇
并且删除了她的邮件

与此同时,你收到了第二封邮件

这封信来自你儿时的对手,你第一次出国旅行就借宿在她家,就是那个比你好看,方方面面都领先一步,更功成名就的人

她一直住在国外,一个在你看来既有异域风情又有大都会气派的地方

她说一口流利的外语,不仅结婚,离婚,再婚,有个女儿,人家还是大学的终身教授

她在信里告诉你,自己被诊断出癌症

一想到这些年你曾暗暗希望她也能走走背字,就觉得无比愧疚

几周后她将接受手术切除肿瘤,再过几周,她将开始化疗

她发了张照片,让大家抓紧欣赏她美人鱼一般的秀发,趁秀发尚在

你打去电话问候她,她说自己正看着花园里的橘子从树上落下,只可惜,今年没法做橘子果酱了

她拍了条视频,视频里她和女儿一起喜气洋洋地剃掉了秀发

她乐观的态度有些刻意,这让你心里不是滋味

她总是无比鼓励你,支持你,为你工作中那些微不足道的成绩开心

几个月后,她打来电话说,癌细胞扩散了,她老公也离开了她

这何尝不是一次重生呢,她会这样感叹

你所在的城市离她不远,于是

你立刻买了机票飞去她的身旁,陪了她一整周

那个城市的模样你没见过,你见到的就只有医院

你见到病房的床头和房门都漆上了鲜艳的橘色

和躺着的病人形成了鲜明对比

他们身上连着各种仪器,体内堆满了化学药物,为了活下去,穷尽一切可能

你和你曾经的对手聊了很久

她说她第二任老公在他俩整个婚姻存续期间一直有外遇,对方是个年轻女孩

这么老套的故事,还真就发生了

你说:"我们不了解别人,也根

本无法了解任何人,不是吗?"

"嗯,你肯定也有什么不想让我知道的秘密。"

好吧,你老实承认,从小到大,你一直在嫉妒她

"现在不嫉妒了。"她呛了你一句,等你脸色都变了,她才哈哈笑了起来

"天哪,我这人太差劲了。"

"才不是呢,我们只是有好多面罢了。"

你觉得她说得对,谁也无法彻底了解你,连你自己也做不到

你会带她6岁的女儿出去吃饭

她一直没完没了地跟你聊各种猛禽的事,然后又一言不发

她还会问你相不相信人死后有
来生
你张了张嘴欲言又止
她说:"因为我相信。"
于是你说,我也相信

然后,你就坐飞机回家了

你告诫自己,必须找到一个方法,不能时时刻刻老想着她俩
为此你问了你哥哥,也问了上帝
他们给你的答案都不尽如人意
于是你去家附近的墓地散步,期待那些死去的人们能给你启发
但一路上你只是盯着那些刻有婴儿名字

的墓碑发呆

你想不明白，生儿育女的意义到底是什么呢？反正我们最后都要葬在这里

死去的人们对此的回应多半是，灵魂总要找到归宿

你琢磨的却是，我真应该多花点钱好好护肤

你花大把时间审视镜子里的自己，对你的皮肤吹毛求疵，再用手把松垮的脸绷紧，这样仿佛能看到从前的自己

你的牙也开始松动了

这让你很恼火

没人提醒过你有一天你的牙会松动，可它们的确比以前松动了，这让你的舌头在嘴里感觉都不一样了

(这是真正的信号,时间会摧残一个人的身体)

你下决心要多喝水,多吃蔬菜,多运动
你的确坚持了一段时间

你还会努力工作,兢兢业业

每次不论什么原因离家去外地,你都会给侄女们寄明信片
添油加醋地美化自己的旅程

你会埋怨父母
埋怨遗传
埋怨你哥和你的前任们
错不在你
你也会怪自己
因为有些事你一直想做但没做

毕竟，这一切，都关于你
工作中你取得了成绩，也没什么人注意

你儿时的对手有一阵病情明显好转，然后癌症再次复发
你犹豫不定，要不要去看她呢？
你还没来得及定下日期，买好机票
她就走了，才39岁

她去世那年只有39岁，而今年你40岁了
她留给你的遗物是自己收藏的唱片
你特意坐飞机取回了它
她的前夫说你不能见孩子，也不知道为什么，于是你给小孩留了些钱，钱不多
她的唱片一直在盒子里，放在你卧室的角落
提醒着你人生苦短
而你能想到的是婴儿的名字

你父亲将撰写平生第一本,也是唯一的一本著作,一本传记——

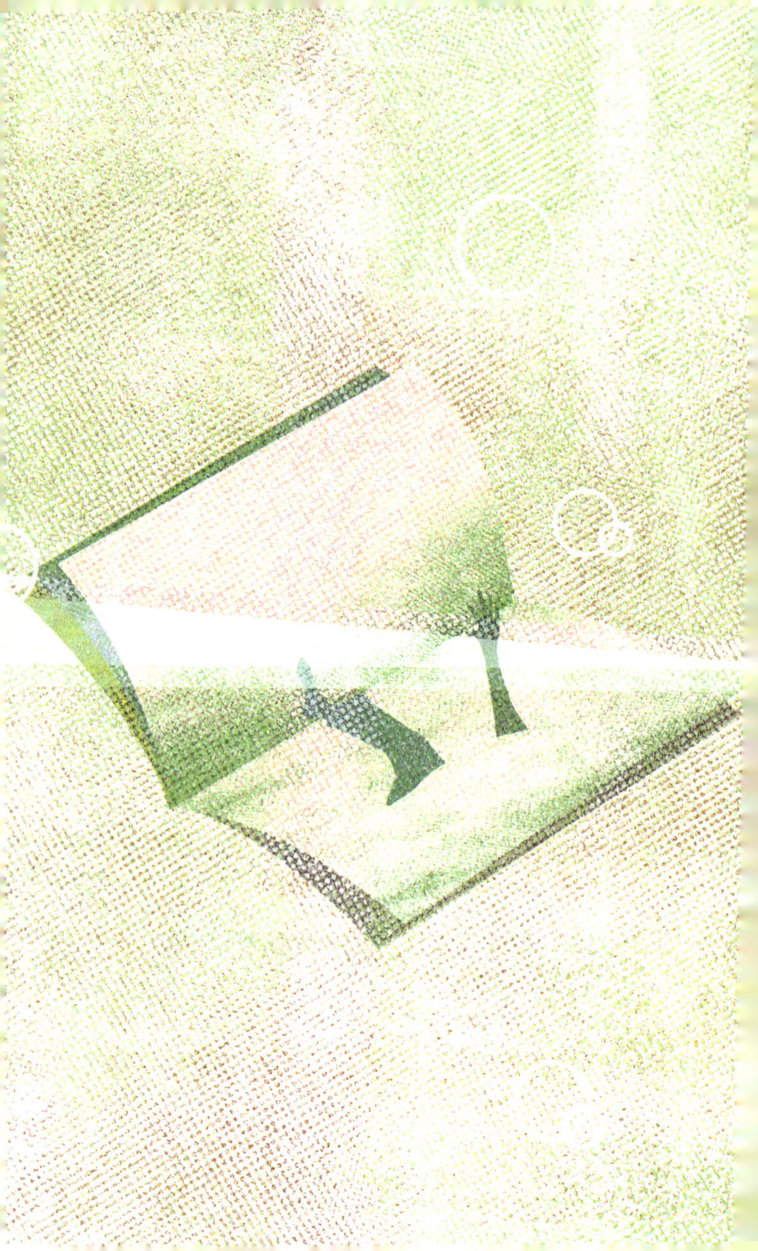

や

Book

他没日没夜地写了好几年

书稿辗转托人送到了一位编辑手中

于是，在70多岁的年纪，你父亲成了一位已有作品出版的传记作家啦

写了什么还在其次，重要的是人家写完了，还出版了

新书首发那天，你专程飞了回去

你父亲在致辞中也提到了你

或者说提到了他的儿女们,而你是其中之一——就是简单提了一句而已

你心想这很公平

你和你哥是你父亲的累赘,他想干的事总有你俩在那儿碍事

他不埋怨你就好了,你还让他怎么感谢你?

朗读书中片段的时候,你父亲很紧张,读错了一个词他会特认真地道歉

本来不值一提的小事,他却搞得好像犯错是一种耻辱,他得为人生来就会出错的天性道歉

你真想把你父亲的脊梁换成钢筋

你会使劲鼓掌,为他挺起胸膛

曲终人散，你和你父亲坐在一起，没有离开

不等你问，你父亲自己打开了话匣子

6岁那年，他和一个小伙伴在家的湖边小木屋附近玩

那木屋如今早就不在了

玩着玩着，那小孩掉进了湖里，水没过了头

他俩都不会游泳

你父亲想大喊救命

但是从嗓门挤出来的声音又小又细

救命啊

他的声音空洞无力

小孩在水里拼命挣扎

你父亲的腿根本动弹不得
身边没有一个大人
目光所及,只有树、石头和水
还有他的声音
空洞无力
救命啊

突然,浮桥晃动了起来,紧接着水花飞溅

小孩的哥哥跳进了湖里,把弟弟拽出水面,然后抱住他,将他的身体靠在自己胸前,再游着仰泳回到岸边

上岸后,他把弟弟扛在肩上,用力拍打他的后背

男孩大口吐着水,浑身颤抖涕泪横流

你父亲当年还是个孩子,看着他的朋友死里逃生

"爸,那太吓人了吧。"
你父亲用手轻轻转动着桌上的空酒杯,然后说,嗯,真的挺可怕的

你一次又一次回想这个故事
你好奇到底发生了什么,让你父亲6岁了还不会大喊大叫
是什么埋葬了我们身体中的本能?
你心想,我的孩子可不会失去高声呼喊的能力
我的孩子一定能喊得惊天动地,她才不会失去原始本能
我的孩子,我一定得有个自己

的孩子

　　我可以好好养育一个孩子,我一定能培养出优秀的好孩子

　　啊,天哪!

你体内的生物钟开始嘀嗒作响
就这个月吗? 就这个月吧

你蠢蠢欲动
日思夜想
想把新生命带到这个世界
你的生命也是以同样的方式孕育而来
你是科学和爱的产物
或者,这一切都是上天的安排?

你又开始做同一个梦了
惊醒后你大汗淋漓,舌头在嘴里扫了一圈
确认牙齿还在

43 岁
你想好好找个伴
可是跟你约会的人里,没一个能让你感受当年公交车后座上经历过的激情,差远了
你当然知道周围的人会怎么说:
"爱会随时间改变的。"
但你才不要死水一潭的恋爱呢

于是你决定自给自足
借助科学的力量
花自己挣的钱
听从内心那个震耳欲聋的声音,趁时间还来得及,抓紧生个孩子——

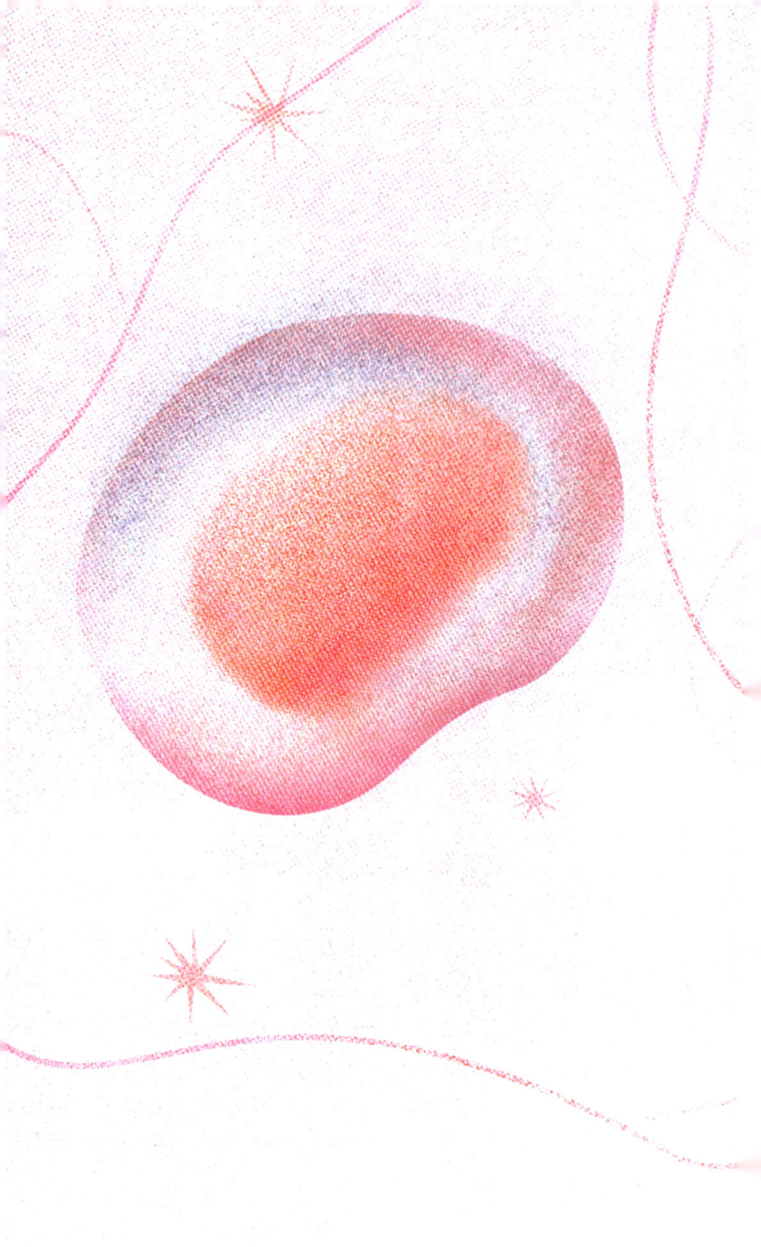

卵子

Eggs

你和医生护士开了一个又一个会,他们满嘴都是生僻的医学词汇,想当然地觉得你能听懂,这让你云里雾里

他们测你的 AMH 和 FSH[①],还给你做了个阴道超声波

他们说你的卵泡储备很不错

这让你看到了希望

---

① 抗缪勒氏管激素和促卵泡激素,是两个与卵巢功能相关的指标。

你的外婆生你妈妈时已经40岁了?

对啊!

那你的希望就更大了

一个护士直截了当地告诉你,随着年纪的增长,卵子的活性会变弱、数量会变少;所以,如果卵子质量没那么好,你也不必自责

为了提高卵子的质量,你找了一个全方位营养师

她让你补充辅酶Q10、Omega-3、叶酸和脂溶性D_3

等最近一次的月经结束后,你就开始自己注射人工合成的雌激素了

你一直怕打针，坐在浴缸的边上，你一边强忍着恶心干呕，一边琢磨，皮下注射在哪个部位相对容易些？肚子上还是大腿上？

　　给自己打针，你需要两只手才能稳住注射器

　　你也不确定自己做得对不对

　　但两天后

　　你将迎来情绪大爆发

　　整天哭个不停

　　接下来是采卵过程

　　大夫会用一根长长的针穿过你的子宫颈，取出十三颗卵子

　　他们要采集到十三颗卵子

　　这意味着希望

接着会用捐献者的精子培育胚胎

你挑选精子的标准基于捐献者对宇宙和辣酱的兴趣，你对这两个领域都知之甚少

只有四个胚胎熬过了第一周

接下来要测试它们是否有可能成功孕育出生命

结果一个都没成

护士电话里跟你说明了情况，又问你想不想再试一次

还要再试吗？

尝试了五轮之后，你的身体枯竭了，胚胎却没能成功着床

你的子宫被认为充满敌意，不肯配合

好多次，你瘫坐在厨房地板上，大哭不止

终于，你对自己说，够了，小猪，够了①

你于是拼命工作

你格外宠爱你的侄女们，溺爱到自己都觉得匪夷所思的程度

你很欣慰能看着她们长大

并且庆幸，你的生活不用被锅碗瓢盆主宰且没有一刻属于自己的时间

---

① 原文为"That'll do pig, that'll do"，出自电影《小猪宝贝》(Babe)。

再说了，你告诉自己，这世界并不需要我们生孩子啊，不需要

你还会告诉自己，即便你的基因没能延续，你的爱心也不会浪费

难道不是吗？

44岁,你做爱时变得百无禁忌、随心所欲、沉醉入迷，这令你身心欢愉，仿佛灵魂出窍

你重又焕发了青春，但你明白，年轻的时候你根本无法体验这种感受，因为年龄、时间和阅历才使你可以大胆、坦诚、通透地直面欲望

你发现你长了一根白色阴毛

还发现辣椒和西红柿让你嘴里发干，于是就戒了

你也彻底戒掉了乳制品和啤酒，干脆利落地把它们排除在你的日常饮食之外，就算

小小的虚荣心作祟吧

　　你发现你设定的人生，有一半是你渴望的，另一半却好似牢笼，被责任义务束缚。你早就超越你的预期，却无法摆脱自己的过往

　　你做心理治疗，冥想，阅读有关自我成长的书籍

　　你逃离了亲手打造的监狱，却建起了新的牢笼，没之前的那么苛刻，但束缚依旧

你就这样不断逃离，循环往复
一次又一次
无穷无尽

每一次
你都发誓，多喝水，多吃蔬菜，多运动
你的确也会这样
坚持一阵
你还会不惜血本，只为永葆青春

你花钱如流水，具体如下：

牙齿护理
面霜
保湿乳液
维生素
微针疗法
化学去角质

普拉提
瑜伽
面部护理
视网醇
染发剂
动感单车

玻尿酸

美容针灸

冷水浴

狂喜舞蹈

私教

胶原蛋白粉

面膜

网球课

牙齿美白

以上种种,没一个有用

你父亲去世了

你没能及时赶回家见他最后一面

"太可怕了,"你妈妈说,"他死了,身边各种机器让我们无法靠近。那些救命的机器也救不了他。"

她常常在房间里突然站定不动,然后转

身对着你说:"你也知道,你爸也不是什么都好,但他的确是个好人。"

然后她会哭上一小会儿,瘦弱的肩膀抖动着,哭完又继续在屋子里走来走去

你妈妈的房子,也是你儿时的家,此刻到处都是鲜花

鲜花无处不在,你半夜起来,跌跌撞撞地去洗手间的时候

会怀疑这些花该不会是从地板里长出来的吧

关于父亲的好多事,你一无所知

你记得他提过他那本自传,说里面遗漏了太多内容没写

你大为不解,爸,你已经写了整整五百页啊

你比较好奇的是,他是否担心错过了太多你的成长

你还想知道,他怎么突然就不在邮件里给你转发歌曲了
你担心,他会不会有点埋怨你
但也有可能,他给了你自由,让你可以随心所欲地生活,不必反哺
甚至,他的邮件你都不必回

你醒得越来越早,连闹钟都不需要
你会重新定义什么是及时行乐和活在当下
也会复盘,当年公交上偶遇的男人向你求婚,你拒绝他是不是明智之举
毕竟婚姻中也没有谁是真的快乐吧?
独身一人的日子就更舒心吗?

偶尔你会想起那个老朋友
记得你们一起坐在爱狗乐园的跑道边
我应该主动联系她吧?你心里嘀咕
你又开始患得患失

内疚一点点漫上心头

你适应了你的生活，有限又完整
努力工作
多多赚钱
人们开始征求你的意见，于是你开始指点迷津
你也不知道为什么，反正你有话可说
比如：

不要介意冷嘲热讽
鞋子舒服很重要
多说"不"，不要没事瞎忙
放松心态，天赋并不是有限的资源
多做拉伸，哪怕有点尴尬，该拉伸就拉伸，比如上班的时候，比如现在，随时随地，别等你的背积劳成疾，为时已晚

25岁时你才不吃这一套,可49岁的你明白,这些都是至理名言

你后悔早不听劝

有一天,你收到了一封邮件

是你前男友发来的,就是你在公交上碰到的那个,十五年前你拒绝了他的求婚

他来这儿出差,你们同城了——

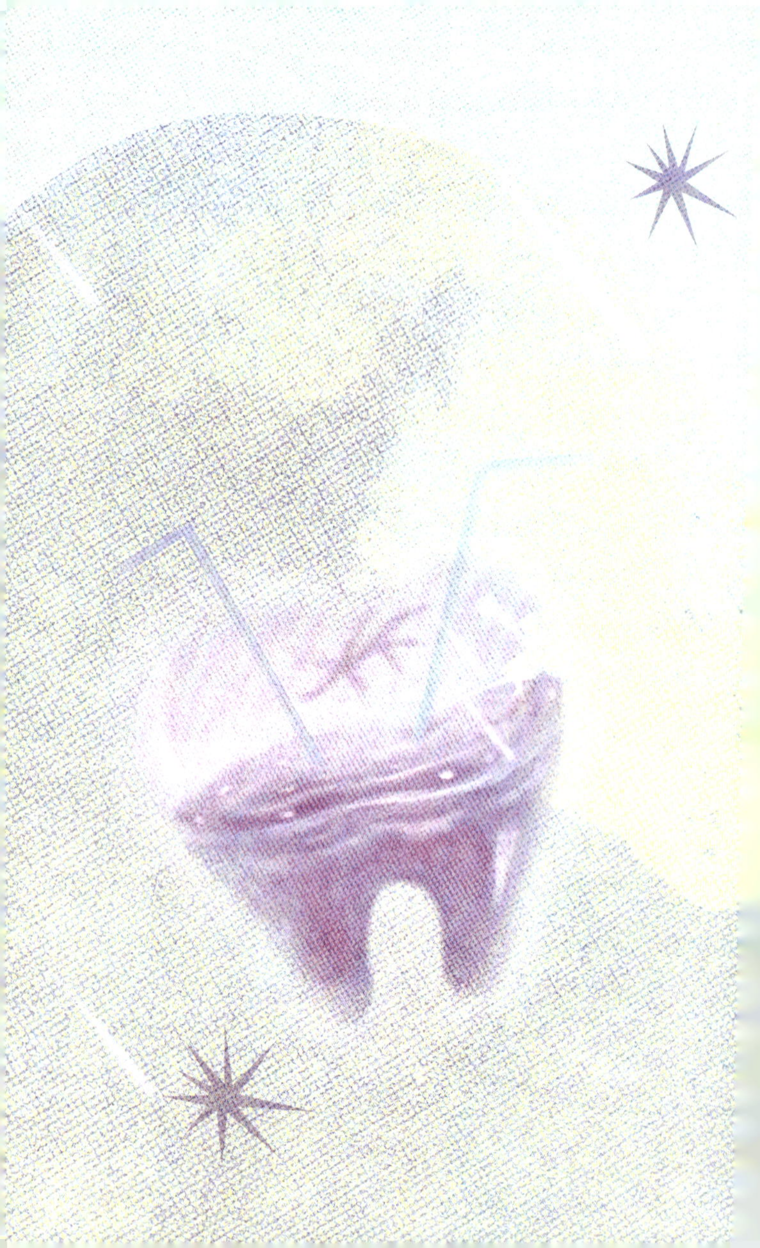

牙齿

Teeth

"咱俩见个面?"
"好呀。"

你对着镜子精心打扮,希望自己赏心悦目
可又觉得像是在修补早已陈旧破损的玩具

在酒吧里
他看起来不太开心

情绪比从前低落，声音里多了几分压抑
　　他的牙齿更黄了
　　喝起啤酒来倒还是和从前一样一饮而尽

　　他跟你说他离婚了
　　还提到婚礼当天他惊恐发作
　　觉得自己仿佛在一辆高速行驶的列车上，跳车的话会摔得粉身碎骨

　　几杯酒下肚，你们回忆起共同度过的时光，在酒吧、沙滩、地下室
　　谈天说地，聊个不停

　　"咱俩聊了好多啊，"他感慨道，"我好久没说过这么多话了。"
　　而你心想，其实你说得比我多，

不过,也没什么

"我们当时聊了些什么?"

"我们当年太年轻了。"

"也没那么年轻吧。"

"我们……那时……"

你们四目相对

他说后悔当初以那样的方式向你求婚

你想把话题轻松带过

可他接着说:"我太傻了,我太急于求成……"

"都过去了,没事。"

你们离开酒吧时,天色已晚,夏夜温柔

你跌入他的怀抱,闻到一种气息

这早已淡忘的气息将你瞬间带

回那些宿醉后的清晨,你们在他家附近闲逛,你想起了那个年轻的自己

　　在车站入口告别时,你们亲吻了彼此的脸颊,又亲了亲嘴唇,吻在唇上,多停留了片刻
　　当他在你的耳边低语时,你挣开了他的怀抱
　　你轻轻捏了捏他的胳膊,点头告别

　　那一刻你明白了
　　你明白只要你想,你就可以
　　就算被木板封住的门也能被打开
　　你明白了,今晚的相聚远比那些曾经笨拙匆忙的肉体纠缠要炽热亲密得多

"见到你很高兴。"
"我也是。"

他早就不是你记忆中的样子了

你眼前这个人
曾经高大无比不可一世
现在看起来普普通通,平平凡凡
你问自己,我当初怎么会爱上他?
心还总是怦怦乱跳?
为什么当初对他另眼相看?

你拼命工作,竭尽全力
学会了和从前和解,也学会了放弃幻想

看着身边的朋友一天天变老

你会留意哪些人混得还不错，哪些人的日子并不如意

结果发现大家都活得很好，你不禁怀疑，莫非你才是那个人生输家？

你问了你哥哥，也问了上帝

他们给你的答案都不尽如人意

你于是决定，多喝水，多吃蔬菜，多运动

你还真坚持了

那么一阵子

你有朋友的父母相继去世

也有朋友生了病

有人离了婚，有人离了两次

还有人，离了三次

你生命中的那些人，有的搬了家，有的去戒酒，有的沉迷园艺

有的跑起了马拉松，有的玩起了填字游戏

还有人摇身一变,成了房东

你和你现在的爱人一边漫步穿过家附近的公园,一边议论着朋友们的改变

你的妈妈也去世了

你抚摸她的时候,她柔软的双手已经僵硬冰冷

她的嘴唇发紫,嘴巴微张

你哥哥卖掉了你们儿时的房子,你把你的那份钱给了他的女儿们

不为什么

如果有一天需要谁收留你的话,肯定是她们

你妈妈这一走

你就像断了线的气球,飘浮不定、无依无靠

你连大气都不敢出

生怕深呼吸时,你的膈膜仿佛会触碰到

你的悲伤，让你瞬间崩溃

  葬礼结束后几个月，你又哼起了那个旋律
  你从没问过妈妈这首曲子是从哪里来的
  是一首儿歌，还是她年轻时学的教堂赞美诗？
  你使劲骂自己，居然想尽办法让自己相信，妈妈永远都不会死
  你会痛哭一下午
  然后用袖子擦擦鼻涕
  你好像听见妈妈在说，宝贝，快起来，出去走走

  你出门比以前快多了
  也不太在乎别人怎么看你土气的靴子，浓重的鼻音和一头乱发
  付钱时你会仔细数好零钱，也不管身后排起了长队

路上遇到崩溃哭泣的人，你会安慰人家一切都会好起来的

可人家会说，你知道啥

你呢，也不争辩，对啊，我是不知道

你该干吗干吗，把他们抛在脑后

52岁，你开始独自旅行，不带你的伴侣，这反而有助于你们的关系

你学会了享受孤独

你睡得越来越少

却常常梦见逝去的亲人

醒来你不禁感叹，这梦太真实了，就像真的一样

你开始怀念小时候流行的东西

你同事说，你知道吗，我觉得年纪越大我反而变得越好

你听了，笑笑而已

你明白自己有点过度美化青春，但又情

难自禁

你怀念的是青春带来的一切皆有可能的感觉

你怀念的是对成长怀抱期待,相信年龄的增长意味着所有未解之谜都会拥有答案

不过,归根到底,年龄只是一种感觉

(你深有体会)

你好想对你爸妈说声对不起,从小到大,没少让他们伤心

比如那次,你和你妈妈等火车的时候,你冲她嚷嚷来着,因为她想给你帮忙,结果你大发脾气

"我只想帮你,让你开心。"

"妈,你真不用操心。"

当然你现在懂了,倘若为人父母,你也会有相同的举动

人生还有别的可能性吗?

你的爱人建议你卖掉公寓,和他一起离开城市

你也没想到自己会因此大动肝火

"我年纪大了,搬不动了。"

他于是语带讥讽,态度冷淡

你推开他说,你走吧

就这样,你又开始了独自一人的生活

你想看望家人,于是登上了回家的航班——

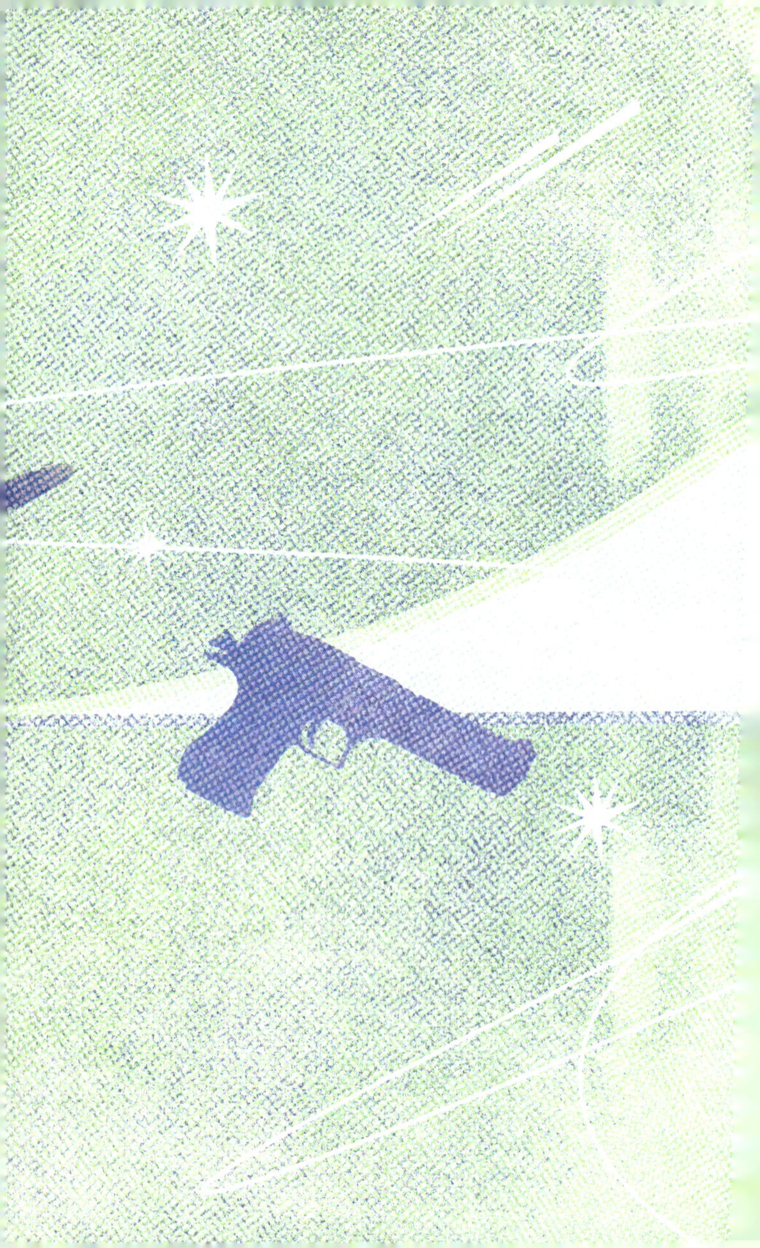

飞机

Plane

通常和话多的人坐在一起,你会想方设法避免聊天,但这次你的感受不同于以往

你的邻座是个小伙子,宽宽的肩膀,双手粗糙,头发剪得清清爽爽

他十指交叉,双手放在腿上

他问你是回家还是探亲访友

你说，这个还真不好回答

他说，自己参军在外执行任务，任务结束可以回家了

他目前负责训练和队务，职务不低，曾两次参与军事任务

你忍不住打听他的情况："你上过战场吗？"

"上过。"

"那么——我的意思是——你想过吗，你有可能死在战场上？"

他叹了口气，用食指的关节轻轻敲着窗户

"你是想听我通常给出的官方回答，还是大实话？"

"当然是实话。"

"的确有好几次，我觉得我要死了，"他说道，"我是无神论者，

不相信死后有天堂那一套。"

"有一天晚上,我在沙漠,突然就顿悟了。"

"死亡无所谓好坏,对吧?死是中性的,就像大自然。人死后,不会有感觉,因为一切不存在。当一切都不存在的时候,也就没什么可恐惧的。"

"就是这个想法,支撑着我。"

"不过能活下来你还是高兴的吧。"

"哦,那是当然。"

你频频点头,觉得还是要谢谢他保家卫国,尽管你是个和平主义者

你认为战争工业是邪恶的
所以你勉勉强强说了一句,我也为你高兴

飞机正穿越大洋,他喝了四杯黑麦威士忌姜味酒,然后谈起了那些挥之不去的气味
——虽然,他已经失去了嗅觉——

刺鼻的硝烟味,血腥的金属气,尸体腐烂后的甜腥味,肉体燃烧后发出的类似烧焦猪肉的味道,还有,要么因为子弹穿过肠道,要么因为害怕疼痛或者死亡而肠道爆开产生的排泄物的臭味

他还说起自己眼睁睁地看着最

好的朋友死在面前
　　死前哭喊着要找妈妈

　　"你一定想不到,有多少年轻的战士在生命的最后时刻喊着妈妈。"

　　你有点心疼自己,从没给人当过妈,也就没有在绝望之际被谁需要过

　　但转念一想,你又豁然开朗,自己是多么微不足道

　　你又做同一个梦了
　　只不过这次在梦里你是清醒的

你转身直面枪手

而枪手居然就是你自己

真的吗,你会想,拜托,不会吧

你有个同事研究过荣格分析,他说,也不知道该不该说,反正心理暗示挺准的

你努力工作

并且爱上工作

但你会怀疑,除了自己,你的工作对任何人有任何价值吗?

你纠结于自己一生的努力是否毫无意义

于是你问了你哥哥,也问了上帝

他们给你的答案都不尽如人意

你心想,反正能做的你都做了

于是,你请朋友来家里吃饭,席间你们常常会说,那是好久好久以前的事了——你

还记得吗？记得吗……要知道，我已经忘得一干二净

　　你的雌激素水平直线下降

　　子宫卵巢也开始萎缩

　　松松垮垮的乳房垂在胸前

　　正如你曾经亲眼所见——再冷的日子，你也会因为潮热、脸颊通红而猛地推开窗户，你祈祷身体里的荷尔蒙快快恢复常态

　　你的身材走样，脂肪在全身上下重新分配了去处

　　你的月经停止了

　　每月一次、让你意识到时间流逝的提醒，以后没有了

　　你接受现实，那就是努力工作不代表一

定能取得巨大成功

　　你努力工作，也确实做得不错

　　你很努力，也有点成绩

　　你也接受，这个世界并非能者居上

　　你会想，好吧，我没孩子，没组建家庭，我拼命工作也没得到我希望的认可

　　我接受——没有什么但是，我完全接受，以后也不会再埋怨自己一事无成

　　56岁，你不再奢望获得更多

　　这让你身心放松

　　让你恨不得三十年前就做了相同的决定

　　当年你没有做这个决定

　　你也不知道为什么

　　但你接受了这点，那就是有些事你搞得懂

有些则不然

你一直想养狗——

狗

Dog

可你身边总有某个人对狗过敏
你现在又单身了
也到了一定年纪

你会排着队耐心等待,花一大
笔钱,终于有了一只狗
一只狗呀
一只属于你的狗

你有了一只狗,这可不是什么

普通的狗,它是一只小狗

  一只黑色的拉布拉多,毛发闪光,双眼警觉

  你的同事送了很多好东西给你
  你每月的预算都花在了你的狗身上,给它买床,买碗还有狗绳
  你会买最贵的狗粮

  上帝知道,你深爱你的狗
  你的狗
  它是你的狗啊

  你有心理准备,养狗不容易
  即便一天之内,它在屋子里又尿又拉了四次,你也面不改色

你让它睡在你的床上

任由它咬烂你的沙发

你爱它爱得要命

一个人去超市购物没有带它的话,买完东西你会迫不及待地赶紧回家,回到这个可爱的小家伙身边,它只想独占你全部的关爱

你可愿意宠它了

它没什么规矩

就是因为你太惯着它了

而且,把狗送到训练学校去让你很矛盾——一方面你希望它表现良好,这样你去哪儿都能带着它;可是你又不想让它变得畏畏缩缩、没有个性

你从来不是一个能早起的人，
现在你倒挺盼着六点就被叫醒——
这样天刚蒙蒙亮你就能在街上遛狗
　　你的狗呀

　　它什么都喜欢：糖纸，咖啡杯，
便便袋，小鸟——天哪，它喜欢小
鸟——还有小宝宝

　　看见婴儿车它就想跳上去

　　它才不听命令呢
　　它就喜欢跑来跑去

　　你买了一条可伸缩的遛狗绳
　　慢慢就用上手了
　　这算是一个还不错的折中方案
　　只不过你还是会被最简单的技

术难倒

  本该易如反掌的事

  但你就是会搞混,弄不清按了哪个键,狗就拽不动绳子了

  一个周六的下午,你带它出门散步

  你的狗长大了不少

  在你眼里,它是个大孩子了

  它看到小鸟立刻就冲了过去,你手忙脚乱地赶紧拽着绳子,这时一辆公交车开上山顶,为了避开停在一旁的轿车而突然转向,与此同时,另一辆车从反方向驶来,由于公交车车身较宽,为安全起见,轿车司机还按响了喇叭,你手忙脚乱

地拽着绳子，绳子却一下子从你手中被拽走了——砰的一声闷响，你的狗就不见了踪影

　　你的狗呢
　　它没了踪影

　　你大声叫着它的名字，看到了路面上的血迹
　　公交车和轿车都停了下来，一个路边的行人转身跑到马路中央，抱起你的狗，把它放到路边

　　你的狗
　　你看见路面上沾着它的脑浆
　　你的狗
　　你的狗啊
　　你能做的只是抱紧膝盖，放声大哭

人们纷纷下车,询问狗还好吧
它死了
你大声尖叫着
它死了

路人纷纷询问要不要叫人来帮忙
而你一阵阵地尖叫着
有人给你披上了一条羊毛毯子,你这才意识到自己一直在发抖
毯子上能闻到狗的味道,那是别人家的狗
你尖叫、呜咽、哭泣

你听见自己喃喃自语

求求你,这不是真的

求求你,不要发生这样的事啊

你在路边浑身颤抖
人们慢慢聚拢,又纷纷离开
你捂着嘴,蜷着腿
公交也开走了
那位女士也回到了自己的车上

而你的狗
你的狗啊

你想死的心都有了
你想毁灭自己
只有一种方式做起来你不会害怕
那就是用酒精麻痹自己

你总是泪如雨下

你的眼泪多到让你狐疑

这些泪水只是为了狗流下的吗

管他呢，你心想

接着喝酒吧

但不知怎么

连续四周泡在伏特加里醉醺醺的日子，你的冰箱里堆满腐烂的蔬菜，你头不洗、牙不刷、体重骤降

这时你妈妈的声音逐渐清晰——你得动起来

于是

你开始约会见人

虽然还是不太说话

但你的确动了起来

慢慢地，清晨醒来的那一刻

好像感觉也没那么糟了

你的胃口也在一点点恢复

连续一个小时保持专注也没什么问题了

见过几个人后，你和其中一个约着喝了咖啡，喝了好几次，都是同一个人

他是你遇到过的唯一一个开口之前会先斟酌的人

他的口头禅是：我想想

他的全部身心都在自己的花园和孩子们身上，而孩子们已经长大成人

他特别崇拜奥运选手，这让人觉得可爱又好笑

每次你自嘲，他也跟着乐，但会以轻柔的方式表达自己的不同意见

两年后，你会爱上他

你会找到爱情

你将再次遇见真爱

60 岁的爱情，和从前的电光石火、激情澎湃不同
它平稳，而笃定
像远洋巨轮——缓缓而行，不可阻挡，永不沉没
谈恋爱还是要趁晚啊，你心想

你的爱人双手满是皱纹
而你也离骨质疏松不远了

但你的情感生活前所未有地——
怎么说呢，禁忌消失，柔情满溢

我们太幸运了吧？你俩都这么说

有一天，当你结束工作准备离开时，你听到有人叫你的名字——

小餐馆

Diner

你转过身

"是我。"

你吃惊得张大了嘴,胃里也紧张得搅动起来

"你好。"

是她,你当年最好的朋友

就是你在爱狗乐园认识的那个人

就是那个自杀未遂被留院观察,你去探望的人

你们之间已经三十一年音信全无

"前边拐角有个地方,一个小餐馆,咱们可以去那儿——我们想待多久就待多久。那儿不算安静,但也不至于特吵。"

"我现在有点耳背了。"

你俩面对面坐着
她还画着当年的黑色眼线
耳垂更长了一些
脖子上的疤痕你没什么印象了
"就这么突然出现在你面前,真抱歉。"
她点的咖啡送来了,你要的是苏打水
她说这十二年她滴酒不沾
你说你也早戒了

你和现在的爱人就是在戒酒中心认识的

她说她开窍晚,但终于找到了一份和昆虫学相关的工作

她养了只猫,宝贝得像她的命一样

而中断了二十年后,她重又拉起了小提琴

"还记得那晚咱俩唱的歌吗?女人们期望很大,女人们恐惧很多,女人们改变着方向,女人们感动着大家……那天还下雪了吗?"

"是的……三十年,该从何聊起啊?"

"咱俩都老了。"

"65岁了。"

"65岁,天哪,真是老了。"

你可能会想,我们该如何收场?

该如何……挽回遥远的过往?

"我的妹妹死了。很突然。"她说起了自己的事,"我俩一直不来往,她的死让我想到其他人——总之,你对我非常重要,对不起,我那时一团糟,也干了很多傻事,活生生把你赶走了。"

"别这么说,我也有问题。"

"不不,千万别这么说,我那时的状态糟透了。"

你伸出手,越过红色的桌面,攥住她的手腕。"我——还是会想起你,一直如此。"

她使劲地点头,眼睛一眨一眨的

"对不起,我以前就是个胆小鬼,实在抱歉,我也不知道该说什么,我想知道你所有的恋爱史,想知道你读了哪些书,想知道你的政治观点，你怎么看待当今这些跳梁小丑一样的政客？"

"嗯，我也一样。"

你们面前的空盘子早就被撤走了，你们又坐了很久

看得出来，你们都希望这次重逢意义非凡

但谁也不敢旧事重提

所以没有戏剧化的场景出现

没有痛哭流涕

没有相拥而泣

没有荡气回肠的彼此和解

你们适可而止，但也如释重负

你明白这样就挺好的，并努力让自己不感到失望

但你还是失望了

直到账单送来,你的老朋友就像四十年前那样抢着买单:"我来,这顿算我的。"然后留下了超出平常的极其大方的小费

不久之后,你们之间开始了书信往来

你俩写信,发邮件,有时也通电话
笑着讨论彼此身体的变化
你居然也系上围裙
准备腌制甜菜
那是你妈妈常做的事
你最烦甜菜,气味口感都受不了
而现在,你把甜菜放进盐水里

看着自己的手上沾满了红色的汁水，像极了你妈妈的双手

在餐馆吃完那顿饭后又过了五年
你的老朋友又在深更半夜打来电话："我遇到麻烦了。"
于是你又一次走过医院的走廊
走廊上荧光灯灯火通明
70岁了
你吃力地爬上病床，挤在她身边
她快不行了
她对你说，你不是天使，但你做得很好
你拥抱她的时候，她不仅没有躲闪，还在你的脸颊上亲了一口
"咱俩那么多年都没联系，不用觉得遗憾，我们没什么可遗憾的。不过，你能不能帮我的猫找一个靠谱的人家啊？"
你的爱人说："我们收养它吧。"

你爱人的孩子也生了孩子,你也是当奶奶的人了,这种感觉出奇地好,但也没人们吹得那么神

你的爱人鼓励你按自己的心意决定退休问题

"亲爱的,想做什么就做什么。"

他坚持每周有几个晚上你俩外出就餐——因为你们谁都不爱做饭

他语重心长地说,我们必须尽情享受生活,时不我待呀

当你对菜单上从未听说的菜犹豫不决时,他会鼓励你:"我说,咱们试试呗。"

听他给孙子孙女们讲睡前故事,经常逗得你笑出眼泪。好不容易精心编了一个故事,小朋友还是意犹未尽,他只好说:"好吧,再讲一个。一只苍蝇出生了,它飞啊飞,然后它死了。讲完了,晚安。"

让你难受的是,不管你们之间说多少话,

你也无法了解他的全部

    你将送别更多朋友
    你做瑜伽，练冥想，和死神斗智斗勇
    如果我更专注当下，我就能更好地享受生活

    你哥哥也病了
    然后去世了
    像一场劫难
    痛苦不堪
    不过，他年事已高，你也老了，你还想跟时间怎么讨价还价？
    但还是心有不甘

    你想好好地多活几年享受春光
    74岁，你和爱人列出了一长串想去旅游的地方
    你决心多喝水，多吃蔬菜，多运动

你说到做到
也坚持了一阵子

旅途中,你去过一次天体浴场
"干吗不去?"你兴奋地说
光天化日之下,你尝试了裸泳

你很后悔,就因为对自己的身材极不自信,你做爱时从不开灯

你很后悔,明明那么喜欢黄油,却多年不碰牛角包

你很后悔,那年冬天你父亲在冰上摔了一跤,髋部骨折,你舍不得时间和钱,就没去看他

你很后悔,没有直言不讳地指出对方的错误,仅仅因为那个人比你年长

有些道理你早点就懂的话该多好啊
比如,年龄不等于智慧和道德

年龄只是一种感觉——你会懂的——那是一种有些事即将发生的感觉

你见多识广,很多事都有例可循

你无法预见未来,但能感觉到未来正向你奔涌而来

你睡得比以前多了

你认真考虑签署DNR(不进行心肺复苏),就是不做过度抢救

全家偶尔聚会时,你也试着跟家人解释DNR,但你哥哥的孩子们根本不听你说

你心想,别这样啊,孩子们,我花钱不是让你们犹豫不决啊

你最终还是签署了有关DNR的文件,并且强迫几个关键人物清楚知道文件存放在哪里

你的爱人也进入了生命的倒计时

他很清楚自己时日不多了——

海棠树

Crabapple

他恳求不要给他打太多吗啡

他宁可忍受疼痛,清醒着感受一切,也不想在毫无意识的状态下离开人世

你注意到他偶尔在睡梦中呼吸暂停

护士说这意味着他即将陷入昏迷

类似的情况会越来越频繁

一天午后时分，明晃晃的阳光从窗户照进来，他对你说，他很享受死亡的过程

　　你攥住他的手，笑着，亲吻他的额头

　　然后爬上床，坐在他的旁边——这张床是你搬进客厅的——他想死在自己的客厅里——

　　你的猫也跳上床来，把自己盘成一团，赖在你脚边的一小片阳光里

　　他说起他父亲的事，讲着讲着又睡了过去

　　第二天，你醒来时
　　他已经起床，一边煎着培根鸡

蛋,一边听着摩城音乐①

他说他觉得终于养足了精神

他想今天把幼苗全都栽好

他还说:"咱们去花圃吧,我还想种一棵树。"

你生怕他撑不住,但他坚持要这么做,你也只能由着他

"好吧,亲爱的,你想去咱们就去。"

刚刚吃过饭,他的嘴唇油光光的,说话时,心爱的咖啡杯就在唇边

你用轮椅推着他穿过花园

他选了一棵海棠树

你们把幼苗种进了后院新翻的

---

① 20世纪中叶起源于美国底特律的一种标志性音乐流派。

泥土里
　　你其实觉得不该种在那儿
　　但你还是照做了,他就认为那儿是个皆大欢喜的绝佳位置
　　干完活,你在牛仔裤上将你的脏手蹭了又蹭

　　吃过晚饭,他看起来很是疲倦

　　他上床躺下
　　你去洗碗
　　等将厨房收拾得一尘不染,你在他床边坐了下来
　　他的呼吸轻柔缓慢
　　有片刻停顿
　　然后又是轻而缓的呼吸
　　接着又是停顿
　　他的指甲缝里还残存着泥土

轻轻地缓缓地呼吸

越来越慢

越来越慢

然后他睁开眼睛,看着你

房间里只有你们两个人

你亲亲他的手

他安慰你,没事的,没事的

还朝你点点头

你也点点头

他伸出手指

你心领神会握住了他的手

他闭上眼

呼吸变得轻缓

然后越来越轻

越来越慢

直到停止了呼吸

你等了一会儿,等他接着吐气

吸气

  你等啊

  又等

  就这么等着

  你发现

  四周如此

  安静

  你把你的额头贴在他的额头上

  没事的

  真的没事

你得打电话

做各种安排

你总觉得听到了他下楼的声音

还把他的衣服都捐了出去

你想把房子卖了

但想等到来年春天再说

你要看到海棠树满树繁花,再次盛开

可与此同时,你得着手处理那堆积如山的各种文件,和一堆一堆的收据

那些久远的回忆从四面八方涌来,可你却想不起更多关于他的事情,这令你颇为沮丧

你记得7岁那年,眼看着头发被剪得奇丑无比,而你却无能为力,只是坐在那儿大哭不止

你记得中学坐校车回家,那帮冰球队的学生欺负穿绿色外套、有学习障碍的孩子,可你袖手旁观,不敢插手,生怕成为下一个被欺负的目标

你记得 20 岁时自己的卧室里有一个壁炉，你后来再没睡过比那更舒服的房间了

你想起你父亲得知你不再是处女后曾经落泪

你会记得那个梦，在梦里你的牙齿从脸颊上的洞里掉落，在梦里至死你依然爱着所有的人

可你记不起来了，上一次做这个梦是什么时候

你想起 8 岁那年的夏天，一个救生员坐在高高的白色救生椅上，你冲她大喊："我不想下海游泳。"

她也大声说："走过去，走进水里，我能一直看着你。"

你想起小时候蹲在祖父母家的洗手间里，吃下了一整管桃子口味的护唇膏

你想起你哥哥曾对你怒吼，说你拿男人当消遣，你得洗心革面

想到这儿你笑了,并且大声地说:"我告诉你啊,我可和以前不一样了。"

好像你哥哥就在面前,虽然他早已不在

你把所有的文件整齐地码成一堆一堆,然后看着它们心想,天哪,我留着这些有什么用啊?!

然后你把文件拿出去丢进焚烧桶里统统烧掉

邻居家的小男孩跑过来围着火堆转圈,你也觉得一阵兴奋

你知道你的爱人一定会笑个不停

你会熬到春天

会扔掉他的牙刷,但卖房子的事拖了一年,或者三年

而春天来了又来

82 岁

你参加了合唱队

在中音声部放声高歌

虽然只是和音，大多数时候重复单一的音符

你还是会想，我唱得不错呀，怎么就认准自己唱不了和声呢？

你开始忘事，记忆力急转直下

你会和老天讨价还价，求你千万别让我的脑子变成一锅糨糊

还有最好也放过我的膝盖

86岁，你住进了养老院

在那里你会很受欢迎

这有点出乎意料

毕竟上学时，你从来不是人缘特别好的学生

你想，至少我的经历使我变得有趣

一旦聊天让你觉得无聊，你会站起来就走
这反而让养老院的其他成员更加仰慕你
真有意思，你暗自思忖，我以前惹了不
少的麻烦吧

你的膀胱也越来越不管用

你行动缓慢但头脑清晰，和周围那些糊
涂到连自己是谁都不记得的人相比，这简直
是了不起的表现

光阴短暂，岁月悠长——

88 岁，你疾病缠身

你想起 25 岁生日那天你醒来
觉得皮肤紧致理所应当
虽然你面孔柔润，嘴唇饱满，明眸善睐，

膝盖弯曲自如，根本不知宿醉为何物，你却纠结于其中哪怕最微不足道的瑕疵

你记得你父亲说，25 岁才算真正长大成人，稚嫩的大脑终于成熟，所以，你只有年满 25 岁，才有资格租车

你还记得那些送给你的花和话，都是专门为你从墓地带来的

你记得那些无比渴望有所成就的雄心，还有你对英年早逝的恐惧

你会记得你自己

你本来可能经历的平行人生，和你的日常点滴一起，在你的脑海中展开，让你禁不住反思——你真的做出了正确的选择吗？你

的人生是你的选择吗,还是上天的安排?

"如果一切重来呢?"

"管他呢!"

你会听到有人对你说,没事的

没问题

死亡近在咫尺了,你的好奇远远大于恐惧

你侄女的女儿来看你

"跟我说说你的事吧,"你会这样要求她,"随便说什么都可以。"

你可不想变成一个没完没了痛说自己过往的老家伙

你的侄孙女顺着你的意愿聊着自己

这种感觉虽然不错

但内容有些平淡

你不禁怀疑,她肯定故意跳过了那些活

色生香的故事

你听到她在隔壁房间哼着歌,那首你妈妈当年唱的歌
小姑娘说这首歌她听她妈妈唱过,但不知道妈妈是从哪儿学的

90岁了,你的身体几乎被当成一副医学实验标本对待,对此你见怪不怪
手肘内侧被针扎出的印迹你也习以为常
你常去看病,是候诊室的常客
所以学会了怎么和医生打交道
想到自己所剩无几的时间居然浪费在等待上,你就忍俊不禁

又一个春天来了
对你的抢救,能做的都做了

你走了

你死了

人们提到你,用的是过去时

你的肉体不复存在

你的遗物要么送人,要么被丢弃

认识你的人谈起你,说的都是你年轻时的事

他们拿出的照片里,也都是你年轻时的样子

可是你人生中几乎所有精彩绝伦的经历,都发生在这些瞬间被镜头捕捉之后

25岁,此时,此地,这就是你被人们记住的样子

即便如此,你的未来还那么长

那些只有你知道的事

会随你一同消逝

人们相互背叛
战火硝烟不断
年年春天海棠树都会开花
人们会怀念你，也终究会将你遗忘

所以，生日快乐

这是我想告诉你的
在此时，此地，在你的25岁，还有，30，42，58，63，70，80岁以及此后：

年龄是一种感觉，你要满心期待

替换文本。

牡蛎

你将遇到一个陌生人

你们会一起踏上前往郊区的行程

不管怎样,很快她将成为你最好的朋友

拳头

替换：P20-P24

你和儿时的朋友住在一起

她既是你的对手，又是那个比你漂亮，事事快你一步，日子过得远比你有章法的人

你还会遇见你的父亲，并发现你们比想象中更像对方

公交车

替换：P32-P38

医院

替换：P46-P50

她试图结束自己的生命
而你会去医院探望她

当你离开时，你心想，我们都曾决心要过一种不惧世俗的生活
而现在，她的人生差点结束
你的还远未开始

收件箱

替换：P58-P65

这些邮件来自你两个命悬一线的朋友

一个在与死亡抗争，另一个却迎着死亡跑去

你的老朋友又一次试图结束自己的生命

你的儿时对手，那个你第一次出国时借住她家，那个比你漂亮，比你更快更有成就的人，正在与癌症抗争

书

替换：P72-P78

在新书发布会上，他会跟你讲起他的童年

那些事你希望二十年前就能听到

卵子

替换：P82-P87

那段经历深深地影响了你

  你试了五次，一个人倒在厨房地板上痛哭了无数次

牙齿

替换：P98-P103

你们会相约喝上一杯，然后——

总之

事后你想，为什么我曾将他看得如此重要

飞机

替换：P112-P117

你坐在一名军人的旁边

年轻的士兵呼喊着母亲
这句话一直萦绕在你的心里挥之不去

狗

替换：P124-P132

终于，你有了一只小狗

可它还没长大，就走了，被车撞了

小餐馆

替换：P138-P144

她是你二十多岁时在爱狗乐园遇到的朋友
你们已经整整三十一年没有联系了

你们去了一家小餐馆吃了一顿饭

海棠树

替换：P152-P158

他做的最后一件事，是在你们的后院里种下了一棵海棠树

图书在版编目(CIP)数据

年龄是一种感觉 /(加)海莉·麦克吉著;陈鲁豫译. -- 海口:南海出版公司,2025.6(2025.8重印). -- ISBN 978-7-5735-1127-0

Ⅰ. I711.35

中国国家版本馆CIP数据核字第20250UT219号

年龄是一种感觉

〔加拿大〕海莉·麦克吉 著
陈鲁豫 译

出　　版	南海出版公司　(0898)66568511
	海口市海秀中路51号星华大厦五楼　邮编 570206
发　　行	新经典发行有限公司
	电话(010)68423599　邮箱 editor@readinglife.com
经　　销	新华书店
责任编辑	倪莎莎
特邀编辑	刘羽悦　陈梓莹
营销编辑	王书传　刘治禹
装帧设计	韩　笑
内文制作	王春雪
插画设计	solar
印　　刷	北京奇良海德印刷股份有限公司
开　　本	710毫米×1000毫米　1/32
印　　张	6
字　　数	66千
版　　次	2025年6月第1版
印　　次	2025年8月第3次印刷
书　　号	ISBN 978-7-5735-1127-0
定　　价	59.00元

版权所有,侵权必究
如有印装质量问题,请发邮件至 zhiliang@readinglife.com

著作权合同登记号　图字：30—2025—011

Copyright © Haley McGee, 2022
This edition is published by arrangement with
Peters, Fraser and Dunlop Ltd. through
Andrew Nurnberg Associates International Limited Beijing
Translation copyright © 2025, by Thinkingdom Media Company Ltd.